EL BARCO

El tel encantado

encantado

Erich Kästner

sm Joaquín Turina, 39 28044 Madrid

Primera edición: septiembre 1995
Tercera edición (2.ª en rústica): enero 2001

Dirección editorial: María Jesús Gil Iglesias
Colección dirigida por Marinella Terzi
Traducción y adaptación del alemán: Marinella Terzi
Ilustraciones: Walter Trier

Título original: *Das verhexte Telefon*
© Atrium Verlag, Zurich, 1935, 1953
© Ediciones SM, 1995
    Joaquín Turina, 39 - 28044 Madrid

Comercializa: CESMA, SA - Aguacate, 43 - 28044 Madrid

ISBN: 84-348-6712-5
Depósito legal: M-201-2001
Preimpresión: Grafilia, SL
Impreso en España/*Printed in Spain*
Orymu, SA - Ruiz de Alda, 1 - Pinto (Madrid)

EL TELÉFONO ENCANTADO

Siete niñas invitadas
en casa de Pauli estaban.
A su madre de tanto ruido
le dolía hasta el oído.

Por eso dijo: «Me marcho,
pero no os animéis tanto
que ha ordenado el doctor
que no me enfade, por favor».

En cuanto de la casa salió,
Grete, la pelirroja, gritó:
«¿Queréis que juguemos un rato?
¡Al teléfono, de inmediato!».

Y como locas se lanzaron
para coger el aparato.
Grete hojeó toda la guía
hasta encontrar lo que quería.

Luego, levantó el auricular,
marcó un número y ¡a esperar!
«¿Es la casa del alcalde?
De verdad siento molestarle.

Aquí sección reparaciones.
Llamo por unas comprobaciones.
La línea parece dañada.
Espero que no sea nada.

Recíteme alguna poesía
o cánteme una melodía.
En tono alto y fuerte,
le oiré si tenemos suerte».

Grete sujetó el auricular
cerca de todas las demás.
Y el bueno del alcalde
se puso a cantar de balde.

Les entró un ataque de risa
y tuvieron que colgar deprisa.
Grete llamó a continuación
al ministro de Gobernación.

«Servicio de reparaciones.
Por favor, cante unas canciones.
Señor ministro, ¡más alto!
Y perdone el sobresalto».

Se rieron de nuevo todas.
Gerda gritó: «¡Vaya bola!».
Y siguieron con las llamadas
a otras gentes muy afamadas.

El director del Banco Central
dio un verdadero recital.
El de la Ópera, en cambio,
se puso a cantar un mambo.

Al maestro también le tocó.
Pero él pronto lo descubrió:
«¡Grete, menuda estupidez!
¡Ya pagarás tu insensatez!».

El lunes, en el colegio,
se morían de los nervios.
«No lo haremos nunca más»,
dijo Grete con mucho tiento
y el maestro las mandó sentar.

EL BOCAZAS DE ADOLFO

Seguro que conocéis a uno.
Hablo de esos *valientes*
que, amenazando con los puños,
tanto, tanto se divierten.

Pelean como colosos
cuando el enemigo tiembla.
Si es fuerte y valeroso
prefieren huir de la quema.

13

Adolfo era uno de ésos.
En cuanto salía a la calle,
corrían los más pequeños
a encerrarse con llave.

Tiraba de los pelos,
mordía, pisaba manos y pies...
Pero era todo un caballero
con los chicos mayores que él.

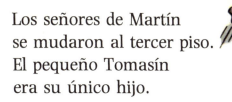

Los señores de Martín
se mudaron al tercer piso.
El pequeño Tomasín
era su único hijo.

Esa tarde, Tomasín
recibió la primera paliza
de Adolfo, ¡vaya mastín!
¡Pobre! Se quedó hecho trizas...

15

Se montó tanto jaleo
—tanto pegaba Adolfo—
que acudió el barrio entero
a observar a aquel golfo.

Empujaba, golpeaba...
Ya pensaba en la victoria.
¡Qué bien se lo pasaba!
Era su día de gloria.

De repente, Tomasín
se hartó de tanto trompazo,
dijo «BASTA» por fin
y le dio un buen puñetazo.

Del estómago a la barbilla...
¡Derechazo en la nariz!
Y los niños de la esquina
se acercaron a aplaudir.

«¡Atención, voy a dejarle KO!»,
dijo Tomasín sonriente
y con un puñetazo de lado
lo dejó casi inconsciente.

Adolfo se puso a llorar.
«Está claro que al fin
os va a dejar respirar»,
dijo, feliz, Tomasín.

LUIS Y EL ASPIRADOR

Si Luis ve un aparato
—una tele o una plancha—,
jamás lo deja de lado
y se pone a desmontarlo
para destriparlo a sus anchas.

Tras mucho ahorrar y ahorrar,
su padre compró un aspirador.
Era el mejor de la ciudad.
Pero no se imaginó jamás
que Luis comenzaría la labor.

El padre se marchó a trabajar
y el hijo lo puso en marcha
una y otra vez, sin descansar.
Aspira y aspira sin parar,
quitaba todas las manchas.

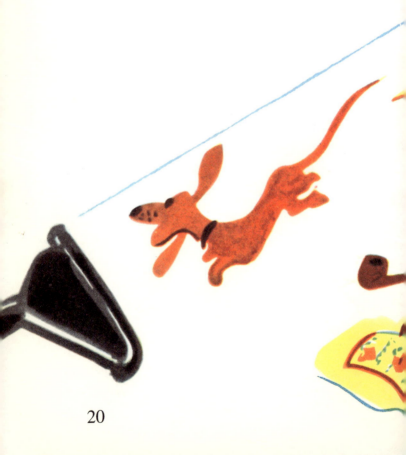

Pero cuando Luis fue a pararlo,
el aparato estaba loco.
No había modo de frenarlo.
¡Imposible dominarlo!
Tragaba de todo un poco:

El fleco de las alfombrillas,
las hojas de las plantas,
los platos de la vajilla...
¡Ladridos bajo una silla...
y el perro ladra que ladra!

Era un campo de batalla
lo que se encontró el padre
cuando llegó a la casa.
Y aún ocurrió otra desgracia:
¡casi le aspira el traje!

Las paredes se torcieron,
se oían ruidos extraños,
la lámpara se cayó al suelo
y la siguieron los techos
de habitaciones y baños.

22

Sillas, mesas, armarios,
butacas, sofás y camas...
todo se tragaba el aparato.
Por fin el padre pudo atraparlo
y lo tiró por la ventana.

Cayó encima del tranvía
y aspiró con tanta fuerza
que lo levantó de la vía.
El padre de Luis gemía:
«¡Menudo, menudo día!».

Sin darse cuenta, Coro
empujó a don Teodoro.
El hombre soltó los globos
y ella los agarró todos.

Doce globos volando
y Coro, detrás, flotando.
Cada vez más pequeña,
siguió su vuelo risueña.

Arrastrada por el viento,
volaba sin aliento.
Finalmente vio tierra.
¡Era el África negra!

Al sobrevolar un lago,
ya le dolían las manos.
Con un esfuerzo final
pudo avanzar algo más.

Unos negros desde abajo
levantaban ambos brazos.
Tantas lanzas le tiraron
que los globos explotaron.

Coro bajó lentamente.
Le castañeteaban los dientes.
Y fue a parar en medio
del círculo de los negros.

Primero se la iban a comer.
Luego, cambiaron de parecer.
Y, por lo visto, la casaron
con el jefe del poblado.

Está claro que está viva
pues mandó una postal nativa,
escrita con letra cursiva:
¡En qué ha acabado mi vida!
¡Venidme a buscar, por favor!
Vuestra Coro, con mucho amor.

Tenía que inventar un modo
para dejar de hacer el bobo.
Esperaría que Jeremías
se marchara a la oficina.

Max desatornilló y serró
hasta que por fin consiguió
justamente lo que quería.
De pensar en mañana, se reía...

Había desmontado el sidecar.
Sólo era preciso dejarlo tal cual,
muy pegado a la moto
y hacerse en lo posible el loco.

Ya se imaginaba a su hermano
profundamente apenado
y a la chica en el sidecar
olvidada en la calle sin más.

Pero a la mañana siguiente,
Jeremías dijo sonriente:
«Max, ¿damos una vuelta en moto?
Mi novia aún tardará un poco».

Max no tenía muchas ganas,
pero tanto insistió Jeremías
que se sentó en el sidecar
dispuesto a pasarlo fatal.

El mayor puso la moto en marcha
y aceleró a sus anchas.
Se oyó algo así como ¡plafff!
y Jeremías se fue sin Max.

Entonces Max aprendió
que aunque se tenga razón,
de poco o nada sirven
las venganzas terribles.

EL ATRACÓN

¿Sabéis qué le pasó a Ramón?
Era un chico muy fanfarrón.
Uno de esos que habla siempre
de lo mucho que de todo entiende.

Cuando saltaba en el colegio,
decía alcanzar los siete metros.
En realidad, todos sabían
que ni tres metros hacía.

Una mañana se ofreció
a torcer la viga mayor.
Y lo malo es que Ramón
se empeñaba en tener razón.

Otro día hablaban de comida
y Ramón dijo una gran mentira:
que a veces incluso se comía
hasta treinta albondiguillas.

Los demás niños se rieron,
pero Ramón prometió hacerlo.
¿Qué podían apostarse?
Lo mejor hubiera sido olvidarse...

El que ganara tendría
una linterna de pilas.
Así que la cocinera
preparó la gran merienda.

Como sus padres habían salido,
no se enteraron de aquel lío.
Y Ramón empezó con paciencia
a comer albóndigas a conciencia.

Sus amigos lo observaban
sin creerse lo que pasaba.
Con la séptima, alguien dijo:
¡Le está cambiando el tipo!

Ramón seguía y seguía,
pero la tripa le dolía...
De todas formas continuó
como si disfrutara un montón.

Otra albóndiga a la boca
y la chaqueta que le explota.
Ramón no podía ya más,
pero seguía sin parar.

Tenía los ojos en blanco,
pero él siguió zampando.
A la número diecisiete,
se cayó del taburete.

Al verlo allí tumbado,
sus compañeros se asustaron.
Y la cocinera decidió
ir a buscar al doctor.

«Casi no puede respirar.
¡Habrá que llevarlo al hospital!»,
dijo el médico muy serio
y atacado de los nervios.

A base de mucho esfuerzo,
lograron que se pusiera bueno.
Por fin se le pasó el atracón
y las ganas de ser fanfarrón.

TRAVESURAS EN EL ZOO

Un día Klaus y Klara
van al zoo de visita.
Les encanta ver cómo andan
del elefante a la mona *Chita*.

Klaus le lee a Klara
el nombre de cada animal.
Así asombra a su hermana,
que anda de memoria fatal.

Se paran ante una valla
a contemplar las jirafas.
Es lo que más prefiere Klara:
la simpatía de sus caras.

Mientras, Klaus busca piedras
y las guarda entre sus dedos.
Después empieza con ellas
a bombardearles los cuellos.

¡Las jirafas no rechistan!
Klaus tira piedras más gordas
para ver si así chillan,
o siguen haciéndose las sordas.

En buscar piedras grandes,
pone el niño tanto interés,
que no ve que los animales
ya están casi junto a él.

Lo cogen de las orejas
y comienzan a tirar.
Klaus, pegado a la reja,
no para de gritar.

Pero no escuchan sus lloros,
no lo dejan en paz.
Klaus dice tan sólo:
«¡No lo haré nunca más!».

Las jirafas siguen tirando
y Klara busca al vigilante.
Klaus continúa chillando.
¡Ya parece un elefante!

Se ríen los demás animales
del pobre niño orejudo
y, del susto, los vigilantes
se han quedado casi mudos.

Finalmente los policías
disparan sus pistolas.
Klara se asusta la tira,
pero se acaba la broma.

Klaus sigue con sus orejas,
casi más grandes que él.
¿Y si se cae de cabeza
y se pone del revés?

¡Pobre Klaus! ¿Qué pasará
cuando te vean tus padres?
Del susto se desmayarán
y llorarán a mares.

Para colmo de males
debemos recordarte
que maltratar animales
no es nada recomendable.

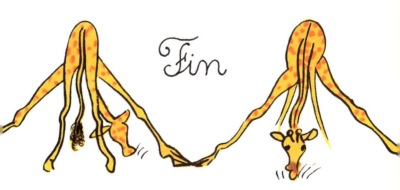

Fin

ÍNDICE

EL BARCO DE VAPOR

SERIE AZUL *(a partir de 7 años)*

EL BARCO DE VAPOR

SERIE NARANJA (a partir de 9 años)

serie oro

AZUL (a partir de 7 años)